圖畫書無字，閱讀方式多更多！

蔡幸珍 兒童文學工作者

　　《校外教學到月球》是一本無字圖畫書，有些家長和讀者或許會很好奇，到底該怎麼念無字的故事給小朋友聽呢？我建議以下幾款閱讀活動，可以運用其中一種，也可以混搭使用。

(1) 默劇觀眾遊戲： 無字圖畫書猶如上演一齣無聲的默劇，讀者可以將自己當作是觀眾，安靜的欣賞，並且在腦海中將一頁頁的圖像所提供的資訊串連起來，建構出一個故事。

(2) 說書人遊戲： 親子共讀《校外教學到月球》時，第一遍可以安靜的閱讀，之後先由小朋友擔任說書人，看圖說故事，接著再換爸媽，看看是不是會說出不一樣的故事？一張圖畫由不同的讀者來詮釋，關注的點可能不同，用的詞彙也不一樣，透過「說書人遊戲」，爸媽可以知道孩子怎麼看一張圖？也可以藉此遊戲促進小朋友的圖像閱讀力和語言表達能力。

(3) 編劇以及配音員遊戲： 讀者可以當編劇或是配音員，幫故事中的老師、主角及外星人寫臺詞或配音。譬如：太空校車即將出發時，可以說：「小朋友坐好，繫上安全帶，我們要坐太空校車出發到月球囉！」當外星人現身時，可以說外星語，譬如發出「嘰哩嘎拉，乖不拉機，嘎離納尼」這種聽不懂的聲音，小朋友很喜歡這種怪怪的聲音。

(4) 預測法說故事： 說故事不用一氣呵成說完，有時候可以使用預測法，讓聽眾先預測接下來的情節會如何發展？

這本書的預測法可以放在「主角發現太空校車飛走了」這一頁，問「主角該怎麼辦？」或是停在「老師和同學都離開了，而主角選擇畫畫」，問「主角會畫些什麼呢？」或是停在「外星人拿紫色蠟筆」，問「外星人會拿蠟筆做什麼呢？」小朋友的答案或許和繪本的發展不一樣，也可能比繪本更加有趣。預測法說故事提供小朋友思考、想像以及解決危機的練習機會。

(5) 將繪本連向生活： 看完繪本故事之後，親子之間、師生之間也可以分享交流，將繪本與生活經驗連結起來。譬如：分享曾參加過的校外教學的心情和經驗，也可以共同討論「如果出門時，和家人走散了，該怎麼辦？」。

(6) 繪本哲思時間： 看完繪本故事之後，爸媽也可以問孩子有沒有想問的問題？請注意是由小孩提問，而不是由爸媽出考題。當然，爸媽也可以提出問題與小孩討論，但原則上不是要考孩子，而是真心對故事好奇，想了解更多。關於這故事，我自己會很好奇「主角為什麼要畫彩虹？」、「月球上的外星人是從哪裡出來的？」、「老師回來找到主角時，他跟主角說些什麼？」以及「遇見外星人時，地球人怎麼和外星人溝通？」

　　《校外教學到月球》是一本無字圖畫書，正因為無字，所以閱讀的過程不受文字局限，反而可以發展出不同閱讀方式，每次說《校外教學到月球》時，更可能發展出不同的版本呢！

不同時刻的月亮

在不同的日子看月亮，月亮的形狀都不太一樣，
不同形狀的月亮有著不同的名字，連連看，找出正確的名字。

差一點就變滿月的
盈月

彎彎像眉毛的
眉月

像月餅的
滿月

只有一半的
弦月

小麥田出版　　　　　　　　　　　　　　　　　　　　　　　　　　　**新書布告**

好想飛的兔老大

Q-rais／著　許婷婷／譯

失敗了，沒關係！
有兔老大和他的小夥伴，我們就有再試 N 次的勇氣！
超人氣插畫家、《貓生好難》作者最新力作
日本專業繪本雜誌《MOE》超人氣推薦
培養挫折忍受力、行動力、團隊合作、創造力的成長繪本

（2021 年 4 月出版）

（此處為 媽媽是天使 圖）

媽媽是天使

黃郁欽／著

媽媽的愛從未離開，無所不在
將失去至親的悲傷，轉化成祝福的故事
以溫柔的方式帶領幼年讀者談論死亡
將愛與思念，化作永恆的守護

（2021 年 5 月出版）

沒有字的明信片

向田邦子／原作　角田光代／文
西加奈子／圖　林真美／譯

向田邦子誕辰 90 週年紀念繪本
改編自收錄於日本中學課本的經
典散文名作，從孩子的角度省思
戰爭與和平的意義
傳遞給下一代的感動物語

（2021 年 6 月出版）

走失的貓咪

Higuchi Yuko／著

從此以後，我們就是家人了！
一部關於「相遇」、「分離」，以及「家
的羈絆」的最溫暖作品
《世界上最棒的貓》的起點
Higuchi Yuko 第一部繪本作品

（2021 年 8 月出版）

（2021 年 8 月出版）

身體很長的貓媽媽

Q-rais／文
Higuchi Yuko／圖

小貓咪能跑多遠，貓媽媽的愛就有多遠
讓孩子知道媽媽永遠在你身邊
面對分離再也不焦慮的溫柔繪本

4

Field Trip to the Moon

校外教學
到月球

約翰·海爾JOHN HARE 著

給亨利，他激勵我

成為更好的人

給伊凡，他提醒我

成為更好的人之外，也要記得常常跳舞

繪本館2

校外教學到月球

Field Trip to the Moon

作者：約翰·海爾John Hare／封面設計、美術編排：翁秋燕／責任編輯：蔡依帆／國際版權：吳玲緯／行銷：闕志勳、吳宇軒、余一霞／業務：李再星、李振東、陳美燕／主編：汪郁潔／總編輯：巫維珍／編輯總監：劉麗真／事業群總經理：謝至平／發行人：何飛鵬／出版：小麥田出版／115台北市南港區昆陽街16號4樓／電話：(02)2500-0888／傳真：(02)2500-1951／發行：英屬蓋曼群島商家庭傳媒股份有限公司城邦分公司／115台北市南港區昆陽街16號8樓／網址：http://www.cite.com.tw／客服專線：(02)2500-7718｜2500-7719／24小時傳真專線：(02)2500-1990｜2500-1991／服務時間：週一至週五09:30-12:00｜13:30-17:00／劃撥帳號：19863813／戶名：書蟲股份有限公司／讀者服務信箱：service@readingclub.com.tw／香港發行所：城邦(香港)出版集團有限公司／香港九龍土瓜灣土瓜灣道86號順聯工業大廈6樓A室／電話：852-2508 6231／傳真：852-2578 9337／馬新發行所：城邦(馬新)出版集團 Cite (M) Sdn Bhd. 41-3, Jalan Radin Anum, Bandar Baru Sri Petaling, 57000 Kuala Lumpur, Malaysia.／電話： +6(03) 9056 3833／傳真：+6(03) 9057 6622／讀者服務信箱：services@cite.my／麥田部落格：http:// ryefield.pixnet.net／印刷：漾格科技股份有限公司／初版：2021年4月／初版五刷：2024年5月／售價：360元／版權所有·翻印必究／ISBN：978-957-8544-51-2／本書若有缺頁、破損、裝訂錯誤，請寄回更換。

校外教學到月球/約翰.海爾(John Hare)作. -- 初版. -- 臺北市：小麥田出版：英屬蓋曼群島商家庭傳媒股份有限公司城邦分公司發行, 2021.04
面； 公分. -- (小麥田繪本館；2)
譯自：Field trip to the moon.

ISBN 978-957-8544-51-2(精裝)
874.599   110000921

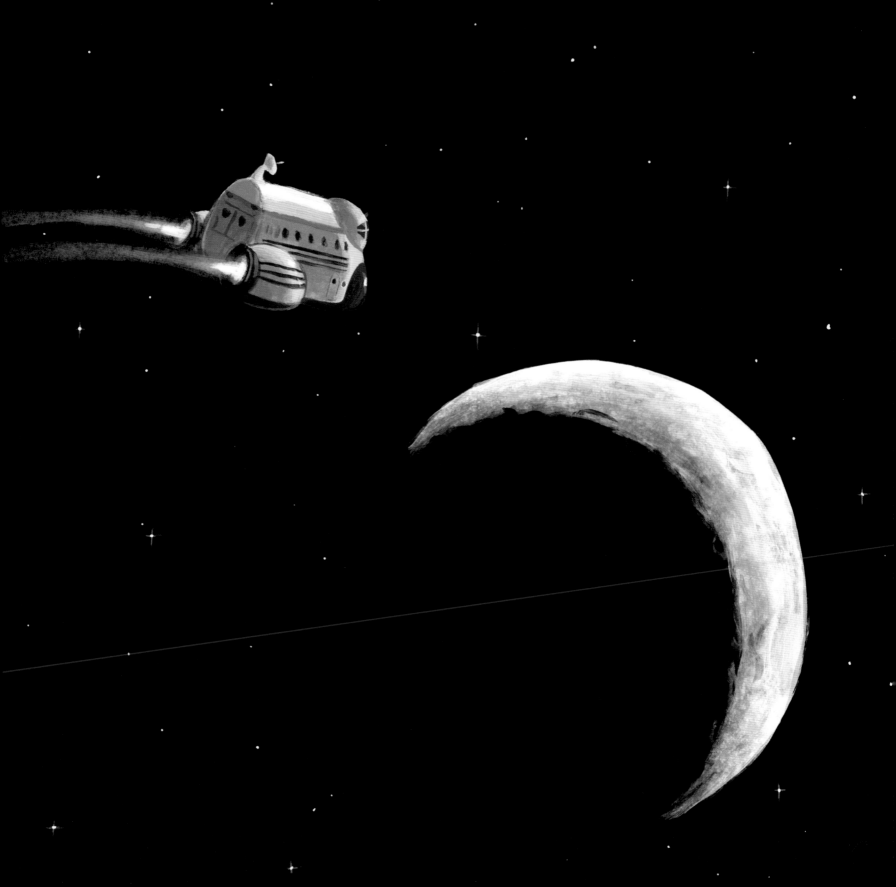

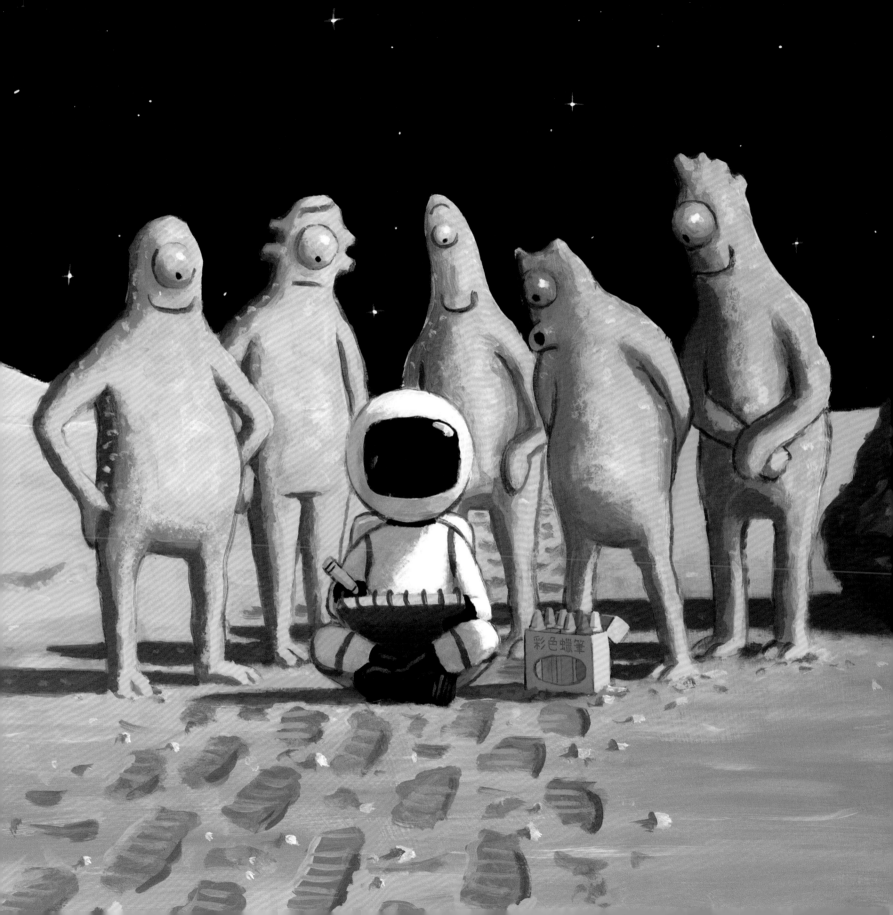

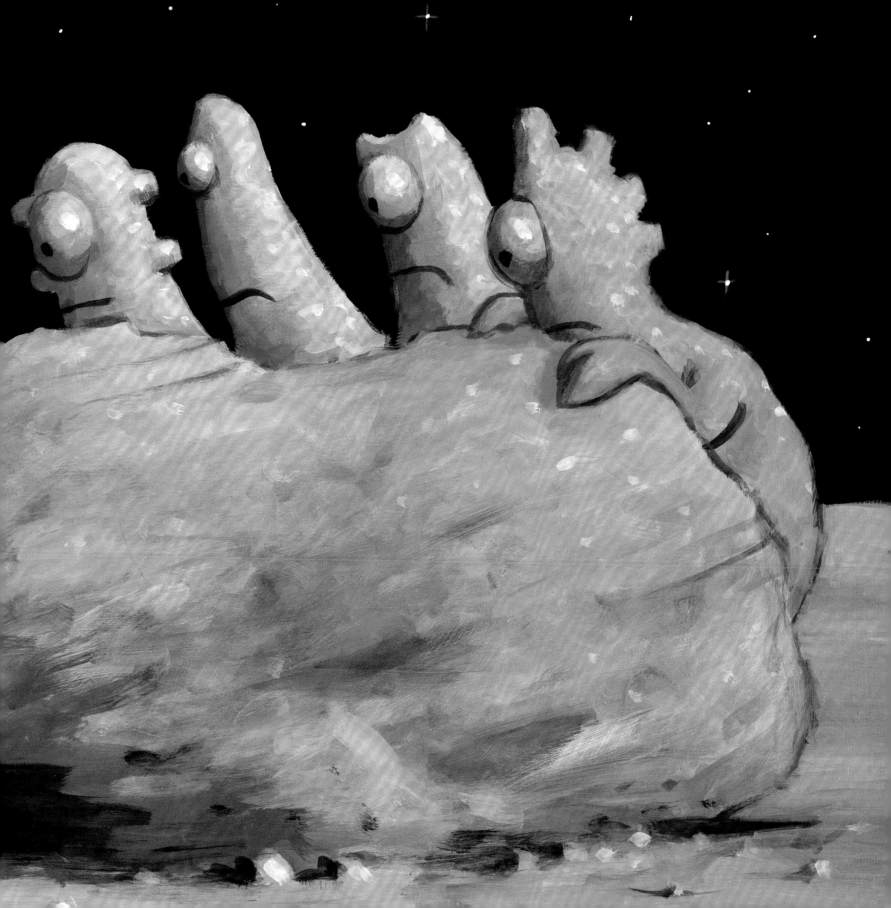